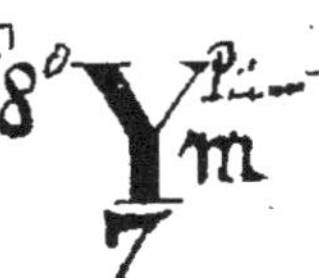

AF319889

LA
SAINTE-FAMILLE

POÈME POLONAIS

DE

J. BOHDAN ZALESKI

(1802 † 1886)

TRADUIT EN VERS FRANÇAIS PAR **V. G.**

PARIS
IMPRIMERIE ÉTIENNE NIECIUNSKI
18, RUE DE LA PARCHEMINERIE, 18.

1887.

LA SAINTE-FAMILLE

POÈME POLONAIS

DE

J. BOHDAN ZALESKI

(1802 † 1886)

TRADUIT EN VERS FRANÇAIS PAR **V. G.**

PARIS

IMPRIMERIE ÉTIENNE NIECIUNSKI

18, RUE DE LA PARCHEMINERIE, 18.

—

1887.

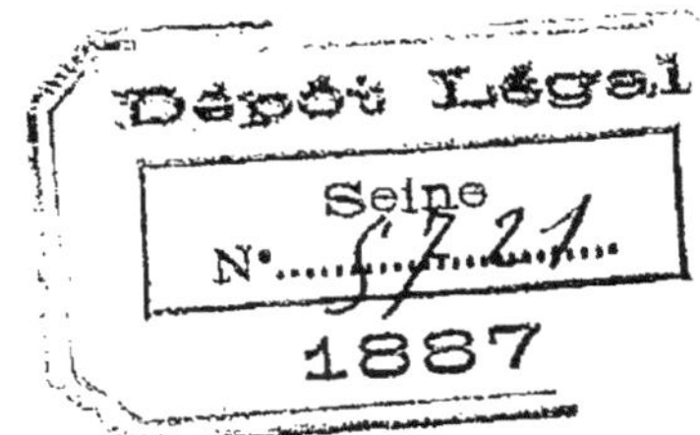
Dépôt Légal
Seine
N° 6721
1887

BOHDAN ZALESKI

Le dernier survivant des grands poètes de la pléiade romantique polonaise de 1830, *Bohdan Zaleski*, s'est éteint doucement dans son ermitage de Villepreux le 31 Mars 1886, à l'âge de 84 ans. Cette mort a été un deuil national pour la Pologne. Avec cette figure si originale et si sympathique, c'était le dernier vestige d'une grande époque qui disparaissait en laissant un grand vide et comme une profonde obscurité.

Nous ne pouvons en quelques pages tracer un tableau complet de la vie et des œuvres de celui qui fut le plus artiste de tous les poètes lyriques slaves et qui a donné pendant sa longue existence l'exemple de toutes les vertus de l'homme, du citoyen et du chrétien. Mais en publiant la traduction d'une de ses œuvres les plus importantes, nous croyons devoir rappeler les principales dates de sa vie et les titres de ses principaux ouvrages.

Il était né en Ukraine au village de Bohaterka, palatinat de Bracław, le 14 Février 1802. Sa mère mourut quelques mois après lui avoir donné le jour. Son père, le voyant débile et frêle, le fit élever à la campagne au milieu des paysans de l'Ukraine, les plus poétiques du monde entier. C'est à cette source primitive qu'il puisa ses premières inspirations. Et la poésie populaire des lirniks ou bandurzystas de l'Ukraine qui chantaient leurs dumki en langue ruthène, en passant par les lèvres inspirées de ce Bojan moderne (Bojan est l'Orphée légendaire des Ruthènes), enrichit la littérature polonaise d'œuvres lyriques d'une telle pureté, d'une telle simplicité et en même temps d'une si puissante originalité, d'un charme si irrésistible, qu'on en chercherait vainement l'équivalent dans toutes les littératures européennes.

En 1815 il commença ses études chez les Basiliens d'Humań, Il avait vingt ans à peine qu'il publiait à Varsovie ses premières *Dumy* ou *Dumki*, élégies ukrainiennes, les unes purement lyriques.

les autres héroïques. Dans les premières il chantait surtout les nymphes du Dnieper ou Rusałki, folles enchanteresses, aux sortilèges desquelles croit encore le peuple ukrainien. Il célébrait dans les secondes les antiques hetmans polonais des Kozaks zaporogues, ces héroïques aventuriers, qui, montés sur leurs barques légères comme les oiseaux dont elles portaient le nom (czajki-vanneaux), descendaient sur la mer Noire et allaient parfois brûler les villes de l'Anatolie ou les faubourgs de Stamboul, ou luttaient aux frontières contre les Tartares ou les Moscovites.

Ces Dumy, tristes pour la plupart (penseroso), auxquelles s'ajoutaient des printanières ou *wiośnianki* (allegro) et de joyeuses *szumki* (murmures) et de sémillants *kozaczeks*, furent en quelque sorte couronnés par un charmant poème où sous le titre de *Rusałki* (fantaisie) le jeune poète conte fantastiquement en effet son premier amour. Ce ravissant petit poème précédé d'un prologue (la Crise) et terminé par un épilogue (à mes amis) était une merveille « la perle de sa jeunesse, sa plus belle création » (L. Siemeński).

Bientôt l'Ukrainien rêveur fit place au patriote polonais. Bohdan Zaleski était allé rejoindre à Varsovie ceux qui préparaient l'insurrection de 1830. ·

C'est le 8 Septembre 1820 que Bohdan arriva à Varsovie avec son ami Séverin Goszczyński; c'est le 8 Septembre 1831 qu'il quitta cette ville, le jour même où elle tombait entre les mains des Russes, entraînant dans sa chute l'insurrection de 1830.

Ces onze années furent les plus fécondes de la vie de notre poète. L'affection et les leçons de Casimir Brodziński et de l'historien Joachim Lelewel, les éloges de Malczewski, l'auteur du beau poème ukrainien *Marie*, l'amitié du critique Maurice Mochnacki et du musicien Frédéric Chopin, développèrent en lui le génie poétique et l'ardeur du sentiment patriotique. Sans prendre part à la lutte alors si acharnée entre les classiques et les romantiques, il publiait dans les journaux littéraires les œuvres de jeunesse dont nous avons parlé et il était affilié à toutes les sociétés secrètes qui préparèrent la lutte à main armée: et c'est ainsi qu'après avoir été précepteur d'abord chez le colonel Górski (1825), puis chez le colonel Szembek, il se trouva, quelque temps après l'insurrection du 29 novembre, dans les rangs du premier régiment de chasseurs à pied commandé par ce dernier. C'est avec ce régiment qu'il assista à la sanglante bataille de Grochów, les 19 et 20 Février 1831. Appelé ensuite à représenter à la diète le district de Taraszcza (Ukraine) il resta jusqu'à la fin de la lutte à ce nouveau poste, remplissant ainsi tous ses devoirs de citoyen.

Après la chute de Varsovie, le poète se rend á Lwów (Léopol). Mais, forcé de quitter la Galicie, il rejoint bientôt à Paris l'émigration proprement dite.

L'Ukraine et la Pologne constituent dès lors son double idéal, au-dessus duquel plane, mais à une grande hauteur, l'idée religieuse. Peu à peu, l'exil aidant, ce dernier élément de l'inspiration de Bohdan, jusque-là moins distinct dans ses poésies, se mêlera de plus en plus avec les deux autres, et c'est à cette transformation que nous devons ses deux poèmes les plus importants: l'Esprit de la Steppe et la Sainte-Famille.

Mais d'abord il chante la patrie absente, et par la bouche de ses héros, il exprime les douleurs de l'exil. Tout le monde connaît, en Pologne, la *duma* intitulée : *U nas inaczej*! (Chez nous, c'est autre chose!) malheureusement si intraduisible, où se fondent harmonieusement les deux amours de la Pologne et de l'Ukraine.

Le poète quitte bientôt Paris, où il s'est lié avec Mickiewicz d'une amitié fraternelle, où il a assisté à la création par le grand poète de son épopée *Pan Tadeusz*, où il a pris part à la vie littéraire et politique de ces premières années de l'Emigration si agitées et si fécondes. Pendant quatre ans il rêve, prie et chante dans les Vosges, à la Robertsau et à Molsheim. C'est en 1836 qu'il compose son poème fantastique et tout ensemble philosophique, historique et lyrique l'*Esprit de la Steppe* (Duch od stepu), où il mêle à ses souvenirs personnels ses vues sur les destinées du monde et de la Pologne et sur le rôle de l'Ukraine dans la formation des nations de l'Europe moderne.

Le volume publié à Paris en 1841 qui contient l'*Esprit de la Steppe* est dedié par le poète « à son ami Adam Mickiewicz ». Il marque, on peut le dire, le point culminant de la carrière poétique de Bohdan Zaleski.

C'est de ce recueil que font partie la « Prière pour la Pologne » à laquelle le poète en 1870 donnera pour pendant la « Prière pour la France », et la rêverie intitulée *Sam z pieśnią* (seul avec mon chant) d'une forme plus ukrainienne et d'une si haute inspiration, qui fut écrite en Octobre 1837 à Endoume sur les bords de la Méditerranée. Le recueil se termine par des sonnets composés à Avignon sous l'inspiration de Pétrarque et où Bohdan chante Laure et son poète.

Mais le morceau le plus important de ce volume, celui où Zaleski, tout en analysant son inspiration, fait en quelque sorte la synthèse de son œuvre, est intitulé: *Les cinq cordes de ma lyre* (Kwinta w mej gęśli).

« Dieu, le monde, les Slaves, la Pologne, l'Ukraine, — Voilà, dit-il, les cinq cordes qui vibrent sur ma lyre ». Et tour à tour il les fait merveilleusement résonner à nos oreilles. Dieu! il se prosterne devant lui, mais c'est l'Ukraine qui lui donne le ton et la mesure de ses hymnes religieux. — Le monde, il en admire les espaces infinis, il sent que l'Ukraine n'est qu'un grain de poussière dans cette immensité, mais c'est de l'Ukraine qu'il contemple le mieux et ce monde et son créateur. Les Slaves! Il sait qu'ils forment un arc-en-ciel aux sept couleurs : mais c'est l'Ukraine qui est la plus brillante couleur de cet arc-en-ciel; c'est de l'Ukraine que se dresse sur toute la Slavie l'ombre gigantesque du père de la poésie slave, de l'inspiré Bojan. La Pologne! « Oh! c'est la préférée parmi les nations. — Oh! c'est la grande martyre sur laquelle elles pleurent! » C'est d'elle qu'est parti le signal de la liberté. « Jeune, je l'ai chantée du haut des tertres ; et maintenant, effrayé à la vue de son désespoir et de ses souffrances, je veux par mes chants expiatoires contribuer à sa rédemption; mais mes chants me sont toujours dictés par l'Ukraine, ma mère. »

Son activité et son amour du bien ne se bornaient pas à la Pologne et aux choses polonaises, ni même aux peuples et aux choses slaves. L'avenir de l'Europe, l'avenir de la France surtout, d'où dépend celui de l'Europe, les destinées de cette France qui était devenue pour lui comme pour tous nos pères une seconde patrie, le préoccupaient également.

Nous n'en voulons pour preuve que cette prière pour la France, dont nous avons parlé plus haut, et qui fut écrite le 11 Août 1870 à Paris, entre les premières défaites françaises et le commencement du siège. Cette prière, que le poète, dans l'édition de ses œuvres complètes, a, par une inspiration qui a son éloquence, placée immédiatement après la prière pour la Pologne (t. IV, p. 214), donnera par avance une idée du caractère tout spécial que revêt dans Bohdan Zaleski le sentiment religieux, dont il nous reste à dire quelques mots:

« Seigneur, s'écrie-t-il, pour la France qui t'est fidèle depuis des siècles, — pour la France, sa sœur bien-aimée et hospitalière, — une poignée de Polonais exilés et sans toits, — dans son ardente sympathie se prosterne devant tes autels, — et les mains levées vers le Ciel — pour la France, sa sœur, implore ta pitié !

« Le moine apostat, notre vassal, l'orgueilleux parvenu, — a poussé jusqu'ici ses hordes teutoniques ; — il menace aujourd'hui la fille aînée de l'Eglise ; — « La Force prime le Droit », crie-t-il effrontément ! — Et comme si Tu ne régnais plus là-haut, — l'impie ose lancer cet impudent défi !

« Tu l'entends... Dieu de la paix, tu es aussi le Dieu de la guerre. — Contre le blasphémateur qui se gonfle sous ses armes, — Avance-toi entouré de tes saints, qui, fidèles — au Droit qui prime la Force, l'ont prouvé par leur martyre ! — Avance-toi et déclare à la face de cette horde téméraire, — que tu es à jamais à la tête des nations.

« Vieillards, femmes, enfants, à genoux ! — Demandez un chef, un vengeur : le peuple français notre frère est vaillant et nombreux. — Jésus ! Par la vertu de ton sang trois fois saint, — rabats l'insupportable orgueil de ces incorrigibles Teutons ! — Envoie-leur un nouveau Grünwald et un nouveau Iéna !

« Seigneur, pour la France qui t'est fidèle depuis des siècles, — Pour la France, sa sœur bien-aimée et hospitalière, — Une poignée de Polonais exilés et sans toits, — dans son ardente sympathie se prosterne devant tes autels, — et, les mains levées vers le Ciel, — pour la France, sa sœur implore ta pitié. »

Et pendant que ce vieillard avec les femmes et les enfants priaient ainsi le Seigneur d'envoyer un vengeur à la France et un nouveau Iéna aux Prussiens, fils des Teutoniques, les jeunes gens et les hommes mûrs de la colonie polono-française, payaient leur dette d'hospitalité à la France, cette sœur bien-aimée, en combattant pour elle et en mourant pour elle. Hélas ! ni les prières des croyants, ni le sang des vaillants n'ont pu prévaloir contre la force : mais nous sommes habitués à voir dans les défaites d'aujourd'hui un pas vers la victoire de demain. « Le triomphe de la violence n'a qu'un temps. »

Ses poésies religieuses sont relativement peu nombreuses. On voit que le poète n'en faisait pas œuvre d'art, mais qu'elles jaillissaient parfois, comme malgré lui, du trop plein de son cœur et de son imagination remplis de son Dieu. Une seule d'entre elles est d'une étendue considérable ; c'est le poème intitulé : *La Sainte-Famille.* Et, bien que ce poème soit un chef-d'œuvre, nous le considérons aussi comme une œuvre de pure inspiration, mais d'une inspiration prolongée et soutenue par la vision anticipée des lieux saints où avait vécu Jésus. C'est en effet avant son pélerinage à la terre sainte avec son « frère » Joseph, qu'il écrivit ce poème, que Siemieński compare, à une toile de Raphaël, et qui nous semble, si l'on peut s'exprimer ainsi, plus raphaëlique que Raphaël lui-même, parce que l'on y sent moins l'art et plus la pure inspiration, parce que les madones de Raphaël sont des vierges païennes et italiennes, et que la Sainte-Famille est uniquément juive et chrétienne.

Cependant il y a dans ce poème un passage, un seul, où le poète a été moderne et même violent, ce qui lui arrive si rarement. C'est dans la seconde partie. Nous avons assisté dans la première au retour de la Pâque, aux angoisses de Marie que son fils n'a point suivie au sortir de Jérusalem ; nous y avons vu les splendeurs de la nuit d'Orient et la radieuse apparition de l'aurore, venant réveiller en la baisant au visage sa sœur qui brille comme elle d'un doux éclat céleste ; nous avons accompagné Joseph et Marie jusqu'à Jérusalem, jusque chez Elisabeth et Zacharie, nous avons entendu la prophétie d'Élisabeth et le Magnificat de Marie. Au commencement de la seconde partie, le poète nous a introduits dans le Temple et nous y a montré le divin enfant prêchant devant les docteurs et retrouvé par sa mère. Il nous a ensuite ramenés dans la maison d'Elisabeth où nous avons assisté au repas familial et mystique tout ensemble, où l'on se nourrit à la fois du pain terrestre et des paroles tombées de la bouche du divin enfant. Il nous a tenus sous le charme contagieux de sa foi si naïve et si vraie, et nous nous attendons à rester sous ce charme jusqu'à la fin du poème, jusqu'au départ de Jésus, Marie et Joseph.

Tout à coup c'est comme un grondement de tonnerre qui roule dans un ciel pur. On donne une fête en l'honneur de Tibère, et des Juifs dégénérés courent à cette fête. « Du pain, des spectacles, du bruit et de la poussière, — A souhait. Qu'il est bon ce Jupiter Romain ! — Quelle joie ! oh ! quelle joie ! l'âme en est hors d'elle-même ; — C'est que, penchée au dessus du monde, l'ombre de Tibère, — Spectre hideux affublé d'une couronne de César, — Frappe sans cesse de la verge ou du glaive. — Et le Gouverneur, aide-bourreau de César, — monstre sorti des bas-fonds de l'enfer — Avec une sauvagerie cruelle, une avidité de tigre, — Suce son morceau de charogne sanglante ».

Qu'est-ce à dire ? Ce Tibère, ce gouverneur ! Oh ! le poète a vu passer à travers l'azur de la Judée une autre ombre que celle de Tibère et de son aide-bourreau ! Et il n'a pu retenir son indignation, et, après avoir rendu à Dieu ce qui était à Dieu, il a rendu à César, dans un autre sens que son divin maître, ce qui revenait à César: la malédiction! Peut-être dira-t-on qu'il a été ici plus patriote que chrétien. C'est que ce chrétien sait que le patriotisme n'abdique pas, n'absout pas le bourreau de ses frères, qu'on peut pardonner pour soi, mais jamais pour la Patrie.

Nous n'insisterons pas sur les poésies qu'il intitule: « *Prières et Hymnes* »; nous les avons caractérisées plus haut. Nous dirons seulement qu'il en est une entre autres (*L'Hymne de St-Casimir en l'honneur de la Vierge*) qui est une merveille de rime et de rythme et qui justifierait à elle seule l'enthousiasme, trouvé excessif par quelques uns, avec lequel Mickiewicz dans son cours de littérature slave place Bohdan, au point de vue de la musique des vers, au-dessus de tous les poètes slaves. « Il a, pour ainsi dire, lancé un bouqet de strophes pour clore le spectacle poétique slave, disait de son ami le grand écrivain: il fera pour toujours le désespoir de tous les hommes qui voudraient faire de l'art pour l'art: il en a épuisé toutes les ressources. La variété des rythmes, ce qu'il y a de plus éclatant dans le coloris, ce qu'il y a de plus délicat dans les nuances, tout a été mis en œuvre avec une habieté consommée ».

LA
SAINTE-FAMILLE

PREMIÈRE PARTIE

La Pâque est terminée : une joyeuse foule,
Hors de Jérusalem, de toutes parts s'écoule.
Les familles au loin couvrent tous les chemins.
Celui de Galilée est noir de pèlerins.
On dirait une armée escaladant les cimes.
Ceux des bords du Jourdain, des pays maritimes,
Les gens de Nazareth, de Naïm, de Cana
Et de Capharnaüm s'en retournent par-là.
Tous parents ou voisins, il se tiennent ensemble,
Car ainsi le voyage est moins long, ce leur semble :
Pour la marche des jours, pour le repos des nuits,
On se sent plus joyeux quand on est réunis.

Le printemps avait pris déjà des airs de fête,
Les figuiers s'agitaient en inclinant leur tête ;
Et dans l'air embaumé commençaient à fleurir
Amandiers et dattiers... Dans le ciel le zéphyr,
Comme un mol encensoir, doucement se balance,
Et le chant des oiseaux de toutes parts s'élance.
L'homme aussi se transforme au printemps, et son cœur
S'emplit de piété, d'amour et de bonheur.

Aussi jusqu'à ces monts où l'horizon poudroie
Dans l'air tiède d'Avril tous respirent la joie :
Leur cœur comme l'oiseau monte vers le ciel bleu.
Et les vieillards d'abord entonnent : « Gloire à Dieu !
« Béni soit Jéhovah, le Père de nos pères ! »
Derrière eux, par la voix des filles et des mères
Avec quelle ferveur cet hymne est répété !
C'est que, tout en cédant à sa frivolité,
La femme dans son cœur, fût-elle pécheresse,
Sait toujours pour son Dieu trouver plus de tendresse.
Les hommes d'âge mûr, ou veufs ou mariés,
Redisent des faubourgs les propos indignés
Sur le maître nouveau que Rome leur envoie,
Et qui s'abat sur eux comme un oiseau de proie.

La jeunesse, oubliant son indignation,
Parle bientôt d'amour ou siffle une chanson.
Les enfants?... Oh ! ceux-là, légères hirondelles,
Courent avec des cris et des battements d'ailes...
Et près d'eux sur la route on voit braire là-bas
Les ânons bondissant sous le poids de leurs bâts.

Ainsi, stade par stade, on parcourt plus d'un mille,
Et quand le soir arrive, on est loin de la ville.
Un bosquet d'oliviers s'offre pour cette nuit,
Avec un frais cours d'eau, dont on entend le bruit.

Dans les feux du Couchant monts et collines brillent ;
De Magdala surtout les murs au loin scintillent.
De ses vignes on voit un clair ruisseau jaillir,
Et sous les aloès par instants tressaillir ;

De ses vignes on voit le palmier svelte et sombre
Jusqu'au fond du vallon projeter sa grande ombre ;
De ses vignes on voit, comme un timide agneau,
Fuir la Samaritaine oubliant son troupeau.
Elle baisse les yeux et s'échappe bien vite ;
Au milieu d'Israël elle se sait maudite.
L'inimitié, datant de la captivité,
Divise encore hélas ! tout ce peuple irrité.

Dans ses positions le campement s'arrête.
Pour le repas du soir on s'assemble, on s'apprête.
Les restes de la Pâque, un peu d'agneau, de pain,
Du poisson sec, — voilà de quoi calmer leur faim.
Ce peuple a conservé les mœurs patriarcales,
Et ne dédaigne pas ces agapes frugales.
A quoi bon les cités, quand on a son jardin,
Sa femme, ses filets et les eaux du Jourdain ?

Les jeunes gens s'en vont dans la plaine voisine,
En quête d'eau, de bois : il faut pour la cuisine
Des vases et du sel, qu'ils trouveront là-bas :
Chaque femme des siens prépare le repas.
« Quel bon pays ! On voit des troupeaux qui bondissent :
« Donc, nous aurons du lait ! » Les enfants applaudissent
Et s'en vont babiller et sauter près du feu !
La crépuscule noir envahit le ciel bleu.
L'oiseau, las de voler, dans son nid se retire,
Pour y rêver d'amour. Par endroits l'on voit luire
Une étoile, qui vient se glisser sur l'azur.
D'autres, d'autres encore, argentent ce ciel pur,

Comme autant de poissons aux écailles nacrées,
Se jouant au milieu des plaines azurées.

La nuit devient plus sombre. Au murmure du bois
Se mêle après souper le murmure des voix
S'élevant jusqu'à Dieu, qui, dans ses tabernacles,
Accomplit en secret ses augustes miracles,
Et fait chanter sa gloire à la voûte des cieux,
Pour se ramener l'homme en parlant à ses yeux.

Après la pleine lune, une nuit calme, obscure,
Mais tiède et caressante, endormait la nature :
Le sommeil vient. Pourtant un soupir de douleur
En secret, devant Dieu, jaillit de plus d'un cœur.
Il en est dont l'esprit veille, et, loin de la terre,
Contemple face à face un sublime mystère.
Oh ! *quelqu'un* va venir sortant de ce ciel bleu
Tout éblouissant d'or et d'étoiles de feu !
Oui, l'enfant par la foi, l'homme par l'espérance,
La vierge par l'amour vers le Sauveur s'élance :
Ils guettent sa venue en regardant les cieux,
C'est pourquoi le sommeil ne peut clore leurs yeux.

Un battement de mains dans le bosquet résonne,
Un appel indistinct trouble l'air qui frissonne :
Partout, à gauche, à droite, il grandit ; on l'entend
Sur les coteaux voisins toujours plus éclatant.
Ceux dont l'inquiétude a prolongé la veille
Lèvent d'abord la tête et puis prêtent l'oreille.
« C'est sans doute un enfant qu'on cherche dans le bois ».
Et le son pénétrant d'une angélique voix

Fait retentir du ciel les régions sereines.
« C'est Marie! » ont crié quelques Nazaréennes.
« Oui, c'est Marie, hélas! C'est notre bonne sœur!
« C'est vrai, c'est vrai. Depuis ce matin, ô douleur!
« On n'a pas vu son fils durant toute la route :
« Pauvre Marie, elle est au désespoir sans doute ».
Et toutes de courir dans la nuit, les pieds nus,
Et toutes d'appeler : « Jésus! Jésus! Jésus! »
Et la contrée entière, à ce bruit réveillée,
Cent fois de ce doux nom résonne émerveillée.

Puis tout le campement s'agite. Les dormeurs,
Que réveillent enfin ces lointaines rumeurs,
Plaignent de tout leur cœur leur voisine Marie.
Entre vieillards alors reprend la causerie :
« Ils sont en vérité bénis du Dieu vivant
« Joseph, Marie, et lui Jésus, le doux enfant,
« Sur l'arbre de David triple rameau mystique
« Exhalant vers le ciel son parfum angélique.
« Le Seigneur a montré sa tendresse pour eux;
« Des signes éclatants ont frappé tous les yeux.
« C'est bien à Bethléem que, selon le Prophète,
« Naîtra celui qui doit mettre le monde en fête,
« Le Messie autrefois promis à notre amour.
« Or c'est à Bethléem que Jésus vit le jour.
« Et ce céleste feu né sur sa tête blonde,
« Et ces mages, ces rois, venus du bout du monde!
« Quel enfant eut jamais l'œil plus clair et plus fin?
« On dirait à le voir un prophète divin.
« Jéhovah lui réserve un avenir prospère :

« Heureux cent fois Joseph ! heureux notre compère !
« Et Marie ?... On dirait une reine, vraiment ! »

Un appel plus viril résonne à ce moment
Dans le bois : c'est Joseph qui s'adresse à Marie.
On reconnaît sa voix inquiète : il lui crie
De ne pas réveiller ses amis. Et bientôt
L'appel désespéré s'éteint dans un sanglot.

Mais on entend non loin de la foule endormie
Des soupirs étouffés et cette voix amie :
« Calmez-vous ! calmez-vous ! » Ces paroles, le vent
Dans les airs obscurcis les rapporte souvent.
« Calmez-vous, ô Marie ! A quoi sert de se plaindre ?
« Vous savez que pour Lui nous n'avons rien à craindre.
« Sur notre tête à tous nos cheveux sont comptés.
« Mais Lui, les Séraphins veillent à ses côtés ;
« Je suis son nourricier et vous êtes sa mère ;
« Par la grâce du Dieu Tout-Puissant, son seul Père,
« Pour que sa volonté soit faite en ces bas lieux ;
« Mais il Le fait garder par ses anges des cieux !
« D'Hérode contre Lui qu'a pu la violence ?
« Ainsi donc, femme, trève à votre impatience ;
« Calmez par le repos votre cœur attristé :
« Sans doute près d'ici l'Enfant s'est arrêté.
« De nous quitter ainsi n'a-t-il pas l'habitude
« Pour prier dans le calme et dans la solitude ?
« Demain vous oublierez votre deuil d'aujourd'hui :
« Nous Le retrouverons, quelque part qu'il ait fui ! »

Le conseil de Joseph est la sagesse même.
Mais peut-on être sage et prudent quand on aime ?

Quelle mère n'a pas ressenti ces terreurs
Qui peuplent son esprit de tableaux pleins d'horreurs?
Marie éprouve aussi ces tortures cruelles;
Il faut qu'elle se fasse aux douleurs maternelles:
Peut-être est-ce déjà comme un pressentiment
D'un plus sanglant martyre et d'un plus grand tourment.
Elle a donc répandu bien des pleurs en silence:
Tout le ciel qui la voit prend part à sa souffrance,
Et les Archanges saints, attristés, éperdus,
Vers leur Reine adorable alors sont descendus:
Ils mettent sous sa tête un coussin de lumière
Et de leurs doigts divins ils ferment sa paupière;
Elle s'endort enfin. Brillants, silencieux,
Ils apaisent d'un geste et la terre et les cieux :
Tout se tait sur les monts, tout se tait dans la plaine,
La nature est muette et retient son haleine.

Tout se tait, tout est sombre; et, dans ce calme obscur,
Les astres de lumière, en sillonnant l'azur,
Mesurent de leur cours les siècles et les âges.
C'est Dieu qui fait mouvoir tous ces vastes rouages
Et qui crée ou détruit les mondes à son gré.

De la lune déjà le disque s'est montré:
Au sommet d'un rocher, somnolent il s'appuie,
Et promène partout sa lueur endormie.

Là-bas, à droite, à gauche, on voit vers l'Orient
Le ciel se colorer d'un reflet plus brillant.
Les étoiles ont fui. L'aurore matinale
Paraît à son balcon, et rose, virginale,

Répand à pleines mains ses rayons dans les cieux :
De Marie elle effleure et le front et les yeux.
On dirait une sœur céleste et de même âge
Qui doucement l'éveille et la baise au visage.

La Vierge ouvre les yeux ; son regard incertain
S'anime : on voit briller l'Etoile du matin :
Et rose, virginale, elle est plus belle encore,
Aurore d'ici-bas, que la céleste aurore.
En son calme sommeil, son souci douloureux
A dû s'évanouir dans quelque songe heureux :
Car sur ses traits rayonne un céleste sourire :
« Écoutez, ô Joseph, ce que le ciel m'inspire ;
« Revenons à la ville, où l'enfant est resté.
« Je vous ai, je le vois, vainement attristé,
« Mais dans mon désespoir j'étais hors de moi-même ;
« On est si malheureux, quand on perd ceux qu'on aime ».

S'apercevant de loin dans le ciel pâlissant,
La lune à son déclin et le soleil naissant
Des bouts de l'horizon échangeaient leur lumière.
Les cieux semblaient s'ouvrir pour saluer la terre !
Les étoiles mouraient dans l'air ensoleillé ;
Et le bois endormi, le mont agenouillé
Dessinaient sur l'azur leur courbe verdoyante.
Le coq dans le lointain parfois s'éveille et chante,
Et tout le voisinage en écho lui répond.
Joseph avec Marie ont franchi plus d'un mont :
La fraîcheur du matin rend leur âne intrépide,
Il porte son fardeau d'un pas vif et rapide :

Tout gazouille autour d'eux. Oiseaux, chantez en chœur !
C'est l'instant où la terre adore le Seigneur !

Le soleil, écartant son voile d'écarlate,
Comme un roi triomphant dans sa splendeur éclate.
Et le chant des oiseaux et le parfum des fleurs,
Et l'âme des mortels courbés par les douleurs,
Et tout ce qui du ciel réclame l'assistance,
Vers le Dieu de bonté d'un même essor s'élance.

Les deux époux chantaient un psaume tour à tour.
Et nul chant n'est plus doux ni plus rempli d'amour.
Et plus vite — plus vite — ils marchent vers la ville.
Isolément parfois, parfois en longue file
Ils voient au devant d'eux venir des pèlerins :
Sans doute des amis et des Nazaréens,
Car chacun en passant leur sourit et leur crie :
« Bon voyage ! Salut, Joseph ! Salut, Marie ! »
Bien long est leur chemin : mais il est abrégé
Par l'hymne jaillissant de leur cœur allégé
Et montant vers les cieux : aussi tous les cantiques
Qu'ils ont jadis appris, tous les psaumes antiques
Résonnent sur leur lèvre ; ou, suspendant leur chant,
Ils rêvent en silence à leur divin enfant.

Ils vont, ils vont toujours... Enfin, mille par mille,
Ils sont dans le faubourg, ils entrent dans la ville,
Et le bruit de la rue éclate tout à coup.
Joseph dresse son plan : il organise tout.
« Femme, il nous faut d'abord aller chez Zacharie ;
« C'est notre pied-à-terre et notre hôtellerie :

« Nous retrouvons l'enfant, nous respirons un peu;
« Et dès le soir — en route — avant le couvre-feu! »

L'ânon brait, se démène; et, surprise agréable,
Il passe la barrière et reconnait l'étable,
Qui de tous ses labeurs va le dédommager.
C'est à lui que d'abord Joseph donne à manger:
Il garnit râtelier, auge: avoine, foin, paille,
Rien n'y manque: soignons tout être qui travaille!
L'animal qui nous sert doit être bien traité.
A la porte Marie a doucement heurté.
« Paix à cette maison! » dit-elle dès l'entrée.
« Paix à ma tendre sœur, à ma sœur vénérée! »
« Hosanna! » lui répond d'un ton plein de douceur
La bonne Élisabeth, sa vénérable sœur.
Elle accourt de sa chambre oubliant son grand âge,
Et délaisse un instant les travaux du ménage.
Des larmes de bonheur ont brillé dans ses yeux:
Oh! c'est qu'elle sait bien quels hôtes précieux
Lui viennent; et, n'osant embrasser sa parente,
Elle baise sa robe ainsi qu'une servante;
Marie entre ses bras la presse tendrement,
Joseph arrive enfin; et tous, en ce moment,
Éprouvent le bonheur le plus rare sur terre:
Le saint ravissement d'une amitié sincère.

Quel calme bienheureux, quel calme dans leurs cœurs!
C'est de Jésus d'abord que parlent les deux sœurs.
Marie est rassurée: aussi, pleine de grâce,
Rayonnante de joie, elle dit à voix basse:

'« Il est au temple, ou chez Véronique, je croi :
« Il se mêle toujours aux docteurs de la loi ».

Elisabeth reprend : « Zacharie est en route :
« Il est à Jéricho depuis hier sans doute.
« Jean comme un étranger vit toujours loin de nous :
« Nous ne le voyons plus, ni moi ni mon époux.
« Il consume au désert le printemps de sa vie
« En jeûnes, en prière... O Joseph ! ô Marie,
« Si vous saviez là-bas tous les discours qù'il tient :
« Il est le précurseur du Fils de Dieu qui vient.
« Il vient, il vient, Celui qui doit sauver le monde.
« On entend dans les airs comme une voix profonde,
« Et ce cri sort du cœur des hommes à genoux :
« Oui, le Saint Rédempteur est déjà parmi nous ! »
(Marie avidement suivait la prophétie)
« Et c'est votre Jésus, oui, c'est lui le Messie !
« Jusqu'aux Pharisiens, devant la vérité
« Tous ont courbé le front avec docilité.
« Oui, tous rendent hommage au souverain céleste,
« A Jésus, cet enfant si doux et si modeste ».

Et Marie écoutait avec attention.
Mais tout à coup, cédant à l'inspiration,
Elle a levé les yeux et les mains ; et s'écrie,
En tombant à genoux, d'une voix attendrie :
« Mon âme glorifie, ô Seigneur, ta bonté,
« Et s'élance vers Toi pleine d'humilité :
« Car tu jetas les yeux sur ta servante indigne
« Et tu la revêtis d'une faveur insigne ;

« Les générations toujours me béniront,
« Et sainte et bienheureuse à jamais me diront. »

Joseph, Élisabeth, comme deux saints Archanges,
Avec elle de Dieu célébrent les louanges :
« Le Seigneur Tout Puissant s'est montré bon pour nous.
« Il est clément à ceux qui craignent son courroux.
« Il a fait voir sa force, et sa main souveraine
« A brisé les pensers de toute âme hautaine :
« Il a relevé l'humble et courbé l'orgueilleux,
« Il a de ses bienfaits comblé les malheureux ».

Une et triple à la fois, cette pure harmonie
Semble jaillir d'un luth, distincte et réunie,
Et fait comme un encens s'élever vers le ciel
Les chants de Jérémie et ceux d'Ezéchiel.

DEUXIÈME PARTIE

Des rayons de Midi resplendit tout l'espace ;
Une foule bruyante inonde la grand-place :
Ses flots bariolés s'en vont, tumultueux,
S'écouler dans la ville en replis tortueux.
Le pauvre à son travail activement s'empresse,
L'oisif court aux plaisirs qui charment sa paresse.
Tous parlent... On entend dans ce grand bruit de voix
Parfois un mot joyeux, un mot triste parfois.
L'un se plaint ; l'autre rit, rire frivole et vide :
« Nous avons pour ce jour un spectacle splendide ;
« Rome n'en a, dit-on, jamais vu de pareil ».

Quel est cet édifice éclatant au soleil
Dans sa masse géante, et dont le ciel contemple
Les piliers hardiment étagés ? — C'est le Temple :
C'est le rêve inouï du grand roi Salomon
Animé sous la pierre au milieu de Sion.
Sur cette tour, là-haut, court une dentelure
De feuilles et de fleurs, soyeuse ciselure
Flottante, aérienne et qui parait aux yeux
D'une fille de roi le voile précieux.

On voit dans les couloirs, sur les degrés de pierre,
Des pigeons et des fleurs, l'anémone et le lierre,
Puis des jouets d'enfants, les douceurs que l'on vend
A ce peuple mutin ; car c'est là que souvent
Viennent chercher le frais les enfants de la ville :
Ils aiment ces douceurs et la vente est facile.

O jeunesse ! Au plaisir que tu montres d'ardeur !
Comme autour d'une ruche erre un essaim grondeur,
Tu voles bourdonnante et ton babil frivole
Du peuple murmurant assourdit la parole :
« Un enfant, au milieu des docteurs de la loi,
« Bien mieux que les docteurs interprète la foi.
« Il connaît la doctrine et nous la fait connaître
« Mieux et plus sûrement que le plus savant maître.
« Quel langage profond ! que de choses il sait ! »

Tout en parlant ainsi la foule se pressait, .
Et, sans être aperçu, dans l'immense édifice, .
Près du plus gros pilier un couple entre et se glisse :
L'homme est vieux et sa barbe est grise ; à son côté
Une femme marchait d'une rare beauté.
Sa démarche est modeste, ailée et virginale :
Parfois de son visage on voit briller l'ovale
Et l'éclat de ses yeux sous son voile flottant.
C'est Marie et Joseph.

                    Dès la porte on entend
Vibrer, comme le son d'une cloche argentine,
Au-dessus de la foule une voix enfantine.
Dans ce temple profond aux confuses blancheurs,

C'est comme une colombe aux colombes ses sœurs
Modulant un doux chant d'amour et d'espérance,
Caressante à la fois et pleine de souffrance.
De crainte d'effrayer cet envoyé des cieux,
Tout ce peuple bruyant se fait silencieux.
L'amour, l'amour divin qu'avait glacé la haine
Se ranime au soleil de sa grâce sereine.
On voit des pénitents en foule agenouillés
Et des mains essuyant des yeux de pleurs mouillés.
Tout s'apaise à sa voix : les lèvres et les âmes.

Voyez ! La Sainte Mère est là parmi les femmes
Brillante sous les pleurs qui perlent son œil bleu ;
Voyez ! D'un pas léger elle avance au milieu...
Sur l'arche qui contient les Tables de Moïse
Flotte un voile de soie, où se joue et s'irise
La lueur du soleil éblouissant les yeux.
En cercle sont assis les docteurs curieux :
Sur l'estrade, de fleurs et de tapis parée,
Se tient l'enfant, vêtu d'une robe azurée.
Il parle, mais sa voix s'alanguit et se tait.
Nul ne l'entendait plus, que chacun l'écoutait.

Les yeux levés au ciel, sur son charmant visage
Un doux rêve pensif flotte comme un nuage
Avec ses cheveux blonds, qui vont se déroulant
Sur son épaule nue et son cou tendre et blanc.

L'enfant a fait un signe : on l'écoute, on l'admire.
Ce qu'il dit, quelle langue oserait le redire ?

Les siècles l'entendront avec étonnement:
« Le Verbe était, dit-il, dès le commencement.
« Ce Verbe était en Dieu : ce Verbe était Dieu-même ! »
Puis il s'écrie encore : « Et ce Verbe suprême
« Était la Vie et l'Ordre et la Lumière et l'Air !
« Et plus tard ici-bas le Verbe s'est fait Chair !
« Mais ce Verbe incarné nul n'a su le connaître. »
Et sa voix résonnait comme celle d'un maître.
Il ne disséquait point la loi comme un docteur.
On aurait dit la Voix parlant sur la hauteur;
On aurait dit le Dieu, devant lequel la terre
Devrait avec le Ciel s'abaisser et se taire.
Voulant être entendu des plus simples d'esprit,
Il déroule un brillant, un limpide récit,
Qui d'un voile léger recouvre et cache à peine
Les plus profonds secrets de la nature humaine.
De mille sentiments l'auditoire agité
Laisse entrer dans son cœur l'auguste vérité.
Les Anciens ont saisi la divine parole
Et s'expliquent tout bas la sainte parabole.
Chacun fait à Jésus un différent accueil
Selon qu'il est plus humble ou plus gonflé d'orgueil.
Ils rappellent entre eux la sagesse biblique:
L'un songe à la défense et l'autre à la réplique.

Et Jésus prie encor pour tous les malheureux,
Pour les Gentils autant que pour le peuple hébreux.

Lorsque le Saint Enfant se releva de terre,
Un doux sourire errait sur son visage austère.

De sa mère il a vu le regard étoilé,
Qui, pour tout grand reproche, est tendrement voilé.
Comme un poisson, saisi par un pêcheur habile,
Vers elle il s'élança souriant et docile.
Joseph au fond du cœur n'avait rien contre lui ;
Mais sa mère lui dit : « Pourquoi donc avoir fui ?
« Nous avons bien cherché ! » — Lui, regardant Marie,
Dit doucement : « O femme, ô ma mère chérie,
« Ne saviez-vous donc pas que mon Père éternel
« Pouvait seul me guider dans les choses du ciel ? »

Et Marie écoutait sans la moindre colère.
Hors du Temple Joseph et Jésus et sa mère
Sont sortis tous les trois se tenant par la main.
Un murmure attendri naissait sur leur chemin,
Et tous, jeunes et vieux, se disaient l'un à l'autre :
« Le voici ! Regardez : voici le jeune apôtre !
« Le voici ! De Sion c'est l'amour et l'espoir !
« C'est un prophète saint ! Venez tous, venez voir ! »
Encore remué par sa parole sainte,
Plus d'un parmi le peuple avec respect et crainte
Baisait le vêtement de la mère et du fils ;
Les vierges lui tendaient des roses et des lis.
Jésus accepte tout, et sa main distribue
Des bénédictions dans cette foule émue.

L'ombre des tours au loin s'allonge et se noircit.
Près du grand escalier la foule qui grossit
Répète à haute voix : « Quel est donc ce jeune homme ?
« C'est un Nazaréen ; c'est Jésus qu'on le nomme. »

— « A Nazareth ! qui donc, dit un autre étonné,
« A vu qu'à Nazareth un prophète soit né ? »
— « Simon, Nathaniel, bien des gens, pour le suivre,
« Quitteront leurs filets ou l'art qui les fait vivre ! »
Cric à deux jeunes gens Lévi le publicain.
Fertile est le terrain où tombe ce bon grain.
Mais Jésus cependant s'éloigne, et son visage,
Pareil à l'arc en ciel qui fuit dans un nuage,
Brille encore un instant, puis disparaît aux yeux.

Tout dans la ville était calme et silencieux,
A sa porte un vieillard montrait parfois sa tête :
Mais tous les jeunes gens sont partis pour la fête.
Jésus, Joseph, Marie ensemble lentement
De l'humble Élisabeth gagnent le logement.

La voilà qui paraît, la maison bien-aimée.
Du toit vers le ciel monte un filet de fumée :
Sur le sol de l'enclos court un jeune gazon ;
Un gai sentier conduit tout droit à la maison.
Remplissant son devoir de bonne ménagère
Élisabeth au seuil se montre la première :
Ses parentes sont là derrière elle : on attend.
De loin Jésus déjà tout joyeux, tout content,
Salue Élisabeth et de sa voix aimée
Adresse à Véronique, à Marthe, à Salomée
Une douce parole ; et sur son jeune cœur
Tour à tour, tendrement, les presse avec candeur.
Regardant ce divin baiser comme une grâce,
Chacune sur les mains et sur le front l'embrasse.
Ensuite vers Marie accourt leur tendre essaim,

Lui baisant les genoux, la pressant sur leur sein ;
Puis à son chaste époux s'adresse leur hommage.

Dans la salle on entra sans tarder davantage.
L'ordre et la propreté brillent de toutes parts.
Le repas bien servi d'abord s'offre aux regards :
Partout un linge fin et blanc comme la neige ;
Un reflet de soleil vient dorer chaque siège
A travers la fenêtre où frappe sa clarté :
Tout est propre et charmant, frais et plein de gaieté ;
De tous côtés des fleurs ! Jésus, dans son enfance,
S'entoure de ces doux symboles d'innocence :
Leur parfum le ravit, il aime leurs couleurs.
Tressant une guirlande avec de blanches fleurs,
Il en orne Marie et lui dit à l'oreille :
« Mère, vous en aurez au ciel une pareille ! »
Elle rougit encore, étoile du matin,
Comme une Aurore, sous son baiser enfantin.
Et par son divin Fils la Mère couronnée
De ses deux bien-aimés s'avance environnée.
Elisabeth la mène à la place d'honneur,
Et les femmes, debout près d'elle avec leur sœur,
Attendent que Joseph de sa voix vénérable
Récite l'oraison et bénisse la table :
C'est qu'un pieux vieillard, comme un prêtre réel,
Par son saint caractère est agréable au Ciel.
Joseph, comme il convient, prononce la prière ;
Et Jésus rompt les pains pour assister son père
En priant à son tour : les prenant de ses mains
Aux hôtes Véronique offre ensuite ces pains ;

Elisabeth s'acquitte aussi de son office
Et d'un air empressé surveille le service.

Le repas est frugal mais bon et savoureux :
Jésus ne permet point les jeûnes rigoureux
Pendant qu'il est sur terre à son saint entourage ;
Il veut voir la gaieté du cœur et du visage.
Aussi de mets exquis abonde la maison :
Chaque hôte peut choisir, et l'on trouve à foison
De l'agneau, des pigeons, des fruits secs, du vin même,
Car aux vieillards le vin est d'un secours extrême.
Mais que leur importait? Tous ne songeaient alors
Qu'à soutenir leur âme en nourrissant leur corps.

C'est qu'un autre banquet les charme et les captive !
La voix du Saint-Enfant tient leur âme attentive :
De ses divins discours le pain substantiel
Est pour leur cœurs ravis une manne du Ciel !
Le banquet des élus déjà pour eux commence.
Jésus à pleines mains fait tomber la semence
Dans ce terrain fertile... et ses yeux éclatants
Sondent de leur regard les abîmes du Temps.
D'une voix douce à Marthe il demande un calice
Et parle à ses amis du divin sacrifice
Et du calice saint qui descendra des cieux
Plein du vin qui se change en un sang précieux.
Puis de Melchisedech il explique l'offrande...
« C'était un saint archange et sa gloire était grande ;
Dieu voulut qu'il fût homme et dans tout l'Univers
Il lui fit parcourir tous les pays divers,

Pour enseigner son culte et célébrer sa gloire,
Depuis à sa parole on a cessé de croire :
L'humanité retourne au culte du Veau d'or.
Mais de la source vive on voit jaillir encor
En maint endroit du monde une eau pure et limpide,
Bien que le sol hébreux soit trop souvent aride.
Cette onde va grandir et porter en tout lieu
La vie et le bonheur : déjà le fils de Dieu
S'est montré revêtu de la figure humaine. »

Ses traits ont resplendi d'une lueur sereine :
Et, saluant en lui le Saint-Emmanuel,
Tous devant cet éclat courbent leur front mortel.
« Hosannah ! » chantent-ils en baisant la poussière :
« Gloire, gloire à jamais ! Gloire au Fils ! Gloire au Père ! »
Et leur cœur se remplit de chants mystérieux
Devant le Saint-Prodige éclatant à leurs yeux.

Quels mystiques attraits a ce banquet céleste !
Mais bientôt, reprenant son air doux et modeste,
Jésus comme un enfant sourit avec amour
Aux femmes, qu'il console et gronde tour à tour,
Sans pourtant leur défendre une joie innocente.
A la voix de Joseph la troupe obéissante
Se lève, et dans la cour s'empresse de sortir,
Avec les voyageurs déjà prêts à partir.

La ville est tout entière en fête. Terpsichore
Agite ses grelots : c'est César qu'on adore !
Quel bruit fou ! quel spectacle insensé ! quel enfer !
Là des soldats romains brillent bardés de fer ;

Là, des patriciens, dégradant leur noblesse,
Sous des peaux de lion déguisent leur mollesse.
Sous leurs brocarts perlés se pressant derrière eux,
On voit caracoler les grands seigneurs hébreux.
Du pain, des jeux, du bruit, des chants, de la poussière !
Voilà ce que César donne à toute la terre !
Oui, réjouissez-vous ! Dansez avec fureur !
Car sur le monde entier l'ombre de l'Empereur,
L'ombre de ce Tibère aussi cruel que lâche,
Se penche, en agitant ou le glaive ou la hache ;
Car votre gouverneur, valet non moins cruel,
Ce monstre que l'enfer vomit contre le ciel,
Ce tigre accomplissant sa besogne sanglante
Dévore en rugissant votre chair pantelante :
Et c'est ce Publius qui va durant vingt ans
De Juda subjugué torturer les enfants.

Et la Sainte-Famille au milieu de la fête
Fuit comme un vol d'oiseaux surpris par la tempête,
Et d'instant en instant s'abrite en un recoin,
Où ce bruit effrayant leur arrive de loin.
Il grossit, il approche, il gronde à leurs oreilles.
De l'athlète Khazar on conte des merveilles.
« Il a tué d'un coup un taureau furieux.
« Oui d'un coup, d'un seul coup ! » crie un peuple joyeux.
« C'est de l'Euxin que vient ce lutteur redoutable. »
Mais nul n'a regardé cet enfant adorable
Qui des peuples du Nord et de ceux du Midi
Fera le marchepied de son trône infini.
Distraits, insouciants, devant lui passent même
Les deux beaux jeunes gens Lazare et Nicodème.

Ils vont : un vert gazon près du Cédron s'étend,
Près du Cédron miroite un lumineux étang ;
Un troupeau de moutons bêle, et non moins bruyante
Une troupe d'enfants folâtre, joue et chante :
Des vierges de quinze ans aux brillantes couleurs
Lancent au loin sur l'eau des chansons et des fleurs :
Et ce ne sont partout que rires et poursuite.
Jésus à s'arrêter un instant les invite.
Il faudra tout de bon partir dans un moment :
Or tout ce paysage est rustique et charmant.
On s'assied : aussitôt de la joyeuse bande
Sortent ceux des enfants dont l'audace est plus grande :
Là vient une fillette, ici court un garçon.
Leur nombre croît toujours : ils viennent sans façon
Vers Jésus, et leur foule autour de lui se presse.

Et Lui les attirant doucement les caresse :
La surprise se lit sur leur front ingénu ;
Jésus pour ces enfants n'est pas un inconnu :
Avec lui dans leur rêve ils ont joué naguère.
Une sœur sur ses bras tenant son jeune frère,
S'épuise en vains efforts et ne peut l'apaiser
Malgré mainte caresse et baiser sur baiser.
« Tais-toi, dit-elle, allons, tais-toi, petit Étienne ! »
L'enfant pleure toujours : il n'est baiser qui tienne.
Mais la main de Jésus sur cet enfant a lui,
Et le petit Étienne étend ses bras vers lui,
Cherchant sur sa poitrine un abri tutélaire
Comme un petit oiseau sous l'aile de sa mère.

Jésus l'embrasse alors : ce baiser retentit
Dans le ciel... Et plus tard, Jésus, ce cher petit

Versera le premier tout son sang pour ta gloire
Et de tes saints martyrs commencera l'histoire.

Le yeux en pleurs, émus de tendresse et d'amour,
Les parents des enfants s'embrassent à leur tour...
Cependant de Joseph l'ânon s'agite et crie ;
Sur un autre aussitôt Jésus avec Marie
Prennent place... Ils ont fait un signe de la main
Et de la Galilée ils suivent le chemin.

Jésus autour de lui regarde comme en rêve :
Son âme vers le ciel d'un vol puissant s'élève.
Soudain, comme tiré par son bleu vêtement,
A droite ses regards se tournent tristement.
Jardin des Oliviers, Golgotha triste et sombre,
D'où la rédemption du vieux monde qui sombre
Descendra de la croix... Jésus, à votre aspect,
Devant le Seigneur Dieu s'incline avec respect,
Et ses pleurs sur le sol tombent, sainte rosée.
Son âme vers le ciel monte ensuite apaisée,
Et de vagues pensers flottent dans son regard :
« Les hommes, Mère, vont dans la vie au hasard ;
Ils se laissent aller à la douleur, au doute,
Aveugles aux trésors dont Dieu sema leur route.
Aux prodiges du ciel leurs yeux sont-ils ouverts ?
Se disent-ils : d'où vient que les arbres sont verts ?
Aux ailes des oiseaux qui donne lenr peinture ?
D'où vient qu'ils n'ont jamais manqué de nourriture,
Eux qui ne sément point et ne moissonnent pas ?
Regardez votre sœur, la fleur de lis, là-bas :

Comme d'un sol aride elle sort éclatante !
Non ; jamais de Saba la reine triomphante,
Ni même Salomon dans toute sa splendeur
N'eurent des vêtements si beaux que cette fleur :
Et pourtant une fleur n'est qu'une paille vaine ;
Sa fragile beauté vit quelques jours à peine.
Seul l'homme est un esprit ; seul il connaît le ciel,
Et seul, Dieu le soutient d'un amour paternel.
Mais de ce feu divin il étouffe la flamme ;
Il trouble sa raison, il aveugle son âme...
Criminel endurci, qui, loin du jour qu'il fuit,
Vit dans l'ombre du mal comme un larron de nuit,
Aussi Dieu qu'il trahit lui refuse son aide :
Mais le ciel a jadis promis le grand remède :
Le sang du Juste !... » Il dit et s'arrête en pleurant.

Le silence dura longtemps... Jésus reprend :
« O Mère, vous serez l'étoile radieuse,
Vous aurez d'esprits purs une cour lumineuse,
Et vous ferez briller sur le front des mortels
De la grâce de Dieu les rayons éternels !
Un seul de vos regards éclairera l'abîme. »
Et dans un long baiser leur tendre amour s'exprime.

Puis reprennent encor les discours du Sauveur :
Sa mère avidement les recueille en son cœur ;
Et, sans voir le temps fuir, on va, mille par mille.
Et, quand le soir arrive, on est loin de la ville.
Un bosquet d'oliviers s'offre pour cette nuit
Avec un frais cours d'eau dont on entend le bruit.

Dans les feux du Couchant monts et collines brillent ;
De Magdala surtout les murs au loin scintillent.
De ses vignes on voit un clair ruisseau jaillir
Et sous les aloès par instants tressaillir ;
De ses vignes on voit le palmier svelte et sombre
Jusqu'au fond du vallon projeter sa grande ombre ;
De ses vignes, on voit comme un timide agneau,
Fuir la Samaritaine, oubliant son troupeau.
Elle baisse les yeux et s'échappe au plus vite :
Au milieu d'Israël elle se sait maudite.
L'inimitié datant de la captivité
Divise encore hélas ! tout ce peuple irrité.

Jésus d'un doux regard la suivait dans sa fuite
Et rêvait en son cœur... Sa bouche qui s'agite
Va proclamer déjà l'universelle loi
De l'amour qui répand la vie autour de soi,
Et qui, tombant du ciel comme un pont de lumière,
Mystérieusement le rejoint à la terre
Et réunit en Dieu toute l'humanité.
« Pauvre Samaritaine ! Elle est en vérité,
Dit-il, toujours maudite, en proie à la souffrance.
Quand régneront la Foi, l'Amour et l'Espérance,
Tout changera : le temps du bonheur va venir :
La Nouvelle Alliance est près de s'accomplir. »

Près du Saint-Nourrisson le Père vénérable
Se sentait ranimé par sa voix adorable,
Et s'enivrait déjà de flots d'amour divin ;
Et les yeux tout en pleurs, le cœur plein de chagrin,

Il inclinait son front ridé par la vieillesse.
Jésus de Dieu tout bas lui redit la promesse :
« Des âmes vous serez le gardien aux cieux,
Et votre nom sera béni dans les bas lieux. »

De la nuit autour d'eux déjà s'étend le voile :
Par endroits dans l'azur on voit poindre une étoile :
Et la Sainte-Famille à genoux près du bois
Se prosterne. Jésus récite à haute voix :
« Notre père !... » Et priant le Ciel pour ceux qu'il aime,
Il prie en même temps son Père pour lui-même.

Ils dorment, et bientôt de doux songes heureux
Descendent en leurs cœurs de ce ciel ténébreux,
Où les yeux de la nuit discrètement scintillent :
Le Soleil et la Lune ailleurs veillent et brillent
Et dans leur course errante éclairent d'autres lieux.
Le ciel se rapprochant sombre et mélodieux
Semble chanter tout haut par la voix de ses anges :
« A Jésus, fils de l'homme, éternelles louanges ! »

FIN.

Paris. — Imprimerie Etienne Nieciunski, rue de la Parcheminerie, 18.

PARIS. — IMPRIMERIE ETIENNE NIECIUNSKI

www.ingramcontent.com/pod-product-compliance
Ingram Content Group UK Ltd.
Pitfield, Milton Keynes, MK11 3LW, UK
UKHW021012120726
13693UKWH00005B/1933